Aな夢

鯨向海詩集

及川茜 訳

思潮社

台湾現代詩人シリーズ⑯

台湾現代詩人シリーズ⑯ Aな夢 鯨向海詩集

及川 茜訳

企画　台湾現代詩研究会
（代表　三木直大）

This book is published in collaboration with
Ministry of Culture, Republic of China (Taiwan)

春……Aな夢はとてもうろんになる
……ぼくたちは探している、前々月に、
前世に、夢見たまなざしが
……ぼくを見下ろす（きみはあのBの夢かい）

若かった頃、詩を初めてきみに見せた時、
ぼくは素っ裸とかわらなかったんだ。

Aな夢　鯨向海詩集

目次

A 夢

B 哀

C 遊

:D

装幀＝思潮社装幀室

Aな夢

A夢

Aで始まるものばかりじゃない
隠しているのは。

ああ
彼方の一枚の紙袋のように
雨を衝く
一千万種の思考
休まず飛翔しながら
何ら希望を持たない

参拝者

両手をポケットに突っ込み
ひたすら前に進む
遥かな地で合掌する

みちみち祈りを捧げる
うつろな人には
もう火を焚いて祀る必要はない
あれらの金剛のような心が
闇の中で
見ることができればよい
自らが放つ光芒を

ごくごくかすかな
この思慕が
ひとしずくずつ溢れることをおそれない
鳥はあの人の影を飛び
竹はあの人の声を折る
あの人はいったいぼくを好きなのか？

もしきみもかつてポケットに手を突っ込み
魂が外に漏れ出すまで
遥かな地で合掌したことがあるなら

ことばに表せずとも
かまわない
こらえきれず

しみ出した汗
流れ落ちた涙
やがて検出されるだろう

堂に並ぶ神も仏も
雨の中を一晩じゅう歩いて
不意に見つけられたんだ

蜂群崩壊症候群

というか
甘い蜜の味ともかぎらない
ただ我慢に熱心なだけ
きみならわかる
長く我慢すれば
いつかは蜂蜜が流れ出す

だからきみにお礼を言いたい
あの夜々の蜂の巣は
涙に濡れそぼって
それでもあんなに甘い
一匹の熊の記憶すら

逃れられはしなかった

幸福がはねかした露
羞じらいに揺れる蕊
ついにまなざしが交わされ醸成されるとき
（竜眼の蜜でも百花蜜でも）
独りで向きあわねばならない
いちばん危ない
いちばん透きとおった荒野――

だけど蜜蜂を失ってしまったら
どんな人間が
おめおめと感じられるだろう
自分が
甘いと？

仮定病

病院の蚊は
あたかも医術を身につけているよう
ブーンブーンブーンブーン
きみに注射しきみの血を採る

月の角がぼくたちのためにこのうつろな夜をつきやぶる
結石みたいな悪夢
看護師たちは看護師たち
ぼくはぼくの遠出

窓の外には雨が降りつづき

電波状態は最悪
ときには子供の小便のように
ときには老人の小便のように
たそがれどきの零雨(こぬかあめ)
ちょうど割り切れてしまうような感じ

枯れ枝がすべて
ともに萎えるのを感じるとき
ふたたび咳払いの音をたてて
一頭の野獣のように
いにしえの荒野の生活にかえりつく

入院着の皺は折れた羽のよう
小さなさざ波が
点滴の瓶の中に揺らめく
したたる涙も、 ながれる鼻水も

すべてはぼくの表現
死よりも純潔
夢よりも遥か
日に百回船を漕いでも
睡れる蓮に化身はできない

こうしてずっと詩を書き続けるうち
千首観音が書けてしまうのではないだろうか？
枕のほとりには楊（やなぎ）の枝が垂れる
豪勢な夜がかき消えてから
ぼくが自分で流し出した甘露

果物

青春時代に深い思いをこめて
果物の山を見つめた
色鮮やかな黎明が
おだやかに
明け離れるように
ぼくの心の小さな王子が
朝寝をつづける床に

壮年期にもうひとつの果物を愛した
あの夏についての記憶
ぼくはあの人の上着を脱がせ
全裸の身体をあらわにした

あの人の輝きが温かにぼくの身体を照らした
（しかも日焼け止めはいらない）
よだれを垂らしながらも
あの人に食べられた

老年になるとここに空きはなく
仕事は見つからない
社会はぼくを人生の底にうずめた
欠けて潤わない時も
表情はやはり柔和だ
わかっている　天は万物を生みだし
棄てたことはないと
たとえ腐りかけの果物でも

その汁が潮が引くようにぼくから去っても
ひそかにかつて全てきみたちに捧げた

ぼくの花とぼくの葉は
やはり羞じない防波堤で、密航を試みるどのきみも
（神秘の唇で強くぼくをしゃぶったきみ、きみ、きみだよ）
若者も壮年もすでに老いた者も
幸福の感覚はすごく痛くて
ぼくは夢の中の果樹園で純真に膨張をつづける

燎原のソネット

今夜受けた電話は淡い悲しみを帯びていた
すぐれた詩人がまたしても力なくもう筆を折ると言うように
死はある強烈な抒情にすぎない
ぼくにどうしてきみに対する無限ループを消滅させられよう

めちゃくちゃだけどきみにはぼくと話を続けてほしい
羞恥はぼくの煙幕だが、恋着はむしろぼくの犀鳥
神秘の熱帯雨林に飛び入ってきみのために雄叫びをあげる

さまざまな形の噴水と花火よ
ただぼくだけが「何様のつもりだよ」とはきみに言わない

きみが何様かはわかっているから
少なくともぼくはいくらかわかっているつもりだ——

野を焼き尽くすソネットを書きあげても
最期の朝には決して比べものになるまい
ぼくの無精ひげにきみの唇が触れて生まれた、滅亡の核爆発の風景には

雨粒には海が潜む

今日もまた電車で眠りこけた
もう親切な人に起こしてもらえない
永遠の九月の末の滂沱の雨降る土曜の午後に
ぼくはきみに
いっさんに駆けてゆく
でもきみは冷たく受けとめてくれなかった
(ぼくたちの別れは
人々に台風休暇をもたらすことはできない)

それからというもの愛情をたしかめるのは
さまよう霊がわざわざ戻ってきて

火災現場をたしかめるようだ

目覚めているときは涙を流し
夢の中では泣きやむ
注意して
自分をあふれさせぬよう
マストの旗印がびしょ濡れでも
台風の目の奥深くには
雄弁な吃音者がいて
雨粒には海が潜む

でもきみの抱擁は古びない
きみの口づけはぼくのために生きつづける

一角獣

昨夜の布団のなか
ダイヤモンドより
まだ硬い一角獣が
暗がりに潜んでいる

オルゴールのように
回転する心臓
海水はあたたかで
流れは速い
歓喜と賛嘆が四方に広がる
島の未来すべてを棄てて顧みない

鳥の群れが飛び去り、渓流は干上がる
あらゆる山越えと
いささかの噴水の感傷
青春の無敵な時代特有の抒情の方法
いずれも取りもどせぬまま
夢の遺物と化す

なさけない

彼は友達で、彼はいいね！を押さない
彼は友達で、彼はぼくを見ない

それでも彼にときめくものがある
ぼくは本当になさけない
金剛も玻璃もどちらも孤独
死んだふりも無恥もやっぱり孤独だ

これは夢の中じゃない
どうなってもかまわない時間じゃない
ぜったい彼をどうにかしたいわけじゃない
ぼくは本当になさけない

いつもこうしてネクタイを締め
なのにスーツはしわしわで
ぼくが羊飼いの子供ならよかったのに
ぼくが越えられぬ天然の関所ならよかったのに

豆花（トーファ）みたいになさけないこのとき
硬い彼のナッツだけが
ぼくになぐさめをくれる……

近づいてくれないけど、彼はぼくの友達
知りあっていないけど、彼はぼくの友達

強者はぼくの友達
ぼくは本当になさけない。

どさくさまぎれの告白

ある人が意味深長に
公衆便所に近づくとき
すぐには判断できない
小便したいかそれとも大便か
そこで近寄り
彼に話しかける

暖冬の午後の長距離バス
みんなぐったり眠りこけ
車内にいちばん気に入るその人を見つけ
隣の席に座り
こっそり彼の夢に話しかける

マジシャンのなかには
心配する者もいる
ふとしたはずみでうっかり何かを
消してしまうのじゃないか
あるいは何かいけないものを出してしまうのじゃないか
きみが彼の手で出されたもののふりして
彼に告げる

一目で見通せるホットパンツは気にしないで
手にバナナを握っていようとかまうことはない
相手がメスだろうとオスだろうと
最高にタイプのようでもありえないようでも
長年封印されていた瓶がついに抜かれたように
大声で言う

パトカーが迫り
砲火が激しく
あと一秒でジ・エンド
たとえ彼が世界一の悪人でも
決して彼に言葉を惜しむことはない

日増しに変形する夏

のどぼとけの鉄と沼地の鬚
肥沃で果てなき少年時代
「二度とできない」
それはどれだけ長い時間だろう
たがいに呼び交わす小夜啼鳥について
それと筋肉どうしの放電
突然ショートし断線する

しかしぼくの宮殿は深い
きみの王家の一族は底知れず
ぼくたちは詩の貴族の血をひく

まちがえようがない
一瞬の間に
相手に血の臭いを嗅ぎとる

これほど虚弱なのに
何かのために輝きを堅持する
武器を交えることこそ最も孤独——
大雨の中で服装の乱れたスーパーマン
プールのほとりで身体を鍛えるのに失敗したトランスフォーマー
どれもぼくたち、どれもぼくたち自身

災難に遭った少年は
文明の気焔をことごとくタイムスリップするとき
長い長い
互いに向かってゆく偉大な旅路で
思い描く

どうすれば自分を見栄え良くできるか
どうすれば胸郭を広くして
白鳥に寄り添えるか
どうすれば花と本
そして魂でふれあえるか――
ぼくたちの間は言葉のいらないものであってほしかったのに
結局は言葉であらわせないものになってしまった……

切り取られた夏の日の三角クーポンのように
ぼくはもう若くなく
きみだってそうだ
これらの詩は
ぼくたちの受け取ったノベルティーだろう

眠るきみを見ていたい

眠るきみを見ていたい
静かに――なめらかで
弾力があって……おや
きみが言っていたのを思いだした
ぼくを連れて行きたいと
烽火のない場所に

だけどぼくは眠るきみを見ていたい
神秘に満ちた玉ねぎを
可愛いなかにみっともないところが層をなす
安心しきってさらけ出した姿に

ぼくは涙する

眠るきみを見ていたい
膨大な後ろめたさに抵抗するため
輾転反側する、ぼくの不眠
徹底せず屈服しないあれこれ
きみが眠りさえすれば
取り戻されるぼくの心の
公平と正義の秩序

眠るきみを見ていたい
草原に
ボールがあり、湿りけがあり、心地よい羽根がある
風が強いなあ
きみは美しく恥じらう獣のようにみじろぎせず
長い角を延ばし

黙って雲の変幻を感知する

しかも知っている
ぼくが眠るきみを見ていたいのだと
ぼくが本当に恐竜でないと見通している
だからぼくを
きみの夢のなかで
孤独に絶滅させたりしない

淡々と

1

恋愛中は、放屁のたびに
恋人たちは鼻をつまみ、笑って
彼を責める……
失恋してから、彼はいろいろな機会に
こっそり放屁しては、思いをこめて、見つめる
鼻をつまんで去ってゆく
見知らぬ人々を

2

階下でアイドルに遭遇した

温泉の脇でアイドルに偶然出遭った
地下鉄駅でアイドルとすれ違った
アイドルは隣のクラスで授業中
アイドルは隣のベッドに横たわる
アイドルよ
ファンの愛を受け入れたら
誰でもアイドルになる

3

ぼくはかつて愛書家に会った
詩集にサインを求めてきたのに
ぼくが雑にページを折り
ぼくが汚い字を書いて
本の純潔を損なうのをおそれた——
正直いって、かれらがそうやって愛しあうのが好きだ
愛しているのはぼくじゃないけど

4

結局愛
それこそ愛
愛の途中で
きみを突き放し
ガス栓を締めに行ったからって
愛がさめたわけじゃない
自信を持って
ガス爆発しない限り
かれは帰ってきて
抱擁を続ける
ただ今度は
抱き合う前に
ガス栓を締めておいて

5

あの年同性婚が認められてから
男の子と婚約していた女の子が
べつの女の子のもとに奔って結婚した
ウェディングドレスに傷つけられた男の子は悲しく泣いたけど
ブーケを拾ったべつの男の子が彼にほほえみかけた

6

明け方に目覚めたばかりの恋人たち
ベッドの上で身を寄せ合って
「愛してる?」
「愛してるよ」
「ぼくも……でもきみの口は臭いね」
「きみのだって」

あてこすりあい

あてこすりあうとき
スモークサーモンをきみに贈りたい

何が馬車をかぼちゃに変えるのか
何が王子をカエルに変えるのか

青空に白い雲と青と白のサンダル
互いにしずかに向きあい
霧吹きのように見つめあう
人生の海
吹きかけられては

顔を覆ってあっち行けという感じ

体重計から遠ざかるための
人知れぬ夜食
どんなにドーナツになりたかったか
真ん中にきみを思いきり抱きしめて

菊と刀
どちらも共犯関係
（遠くから芝刈り機の音が聞こえる
ぼくたちの楽園はメンテナンス中）
おさえきれぬ深みで
あてこすりあうとき

説明書を読み違えたのはぼくで

予約を入れ損ねたのはぼくで
パンツを履き間違えたのはぼくで
笑いのツボを間違えたのはぼく

でもきみを愛するのは
永遠に正しい。

B
哀

いったん中断したら
もう到達することのできないB。

夜の中の亡命者よ
鋭い刃を懐にしながら
自らを赦す時

あのときはきみが死ぬなんて知らなかった

あのときはきみが死ぬなんて知らなかった
きみの顔に希望すら見えたのに
花と葉はそよいでいて、鳥はさえずり歌っていた
陽の光はさんさんとごく平凡な姿で
世界と通じていた

あれがぼくたちの最後の対話となったなんて
もう治ったんだ
薬は飲まなくてよくなったときみは思っていた
きみの人生はまさに始まろうとしているように聞こえたのに
きみはとっくに終わりの準備を済ませていたなんて

窓の外のうつくしい風景がたとえ千年めぐり続けても
どんなひとときもうきみの心をうつことはない

全身に矢を浴びた追憶の子鹿
斑点が無数の沈黙の意味を覆いかくす
きみをとがめられないとぼくらはわかってる
きみもぼくらをとがめないのと同じだ
それらの断片と傷は
光り輝き音を立ててはぜ
尖った角に変じきるには結局間に合わなかった

きみが千万人の方向に逆らい
孤独に前に進むとき
ぼくらはきみの傍らにいなかった
きみはそのときにぼくらのことを考えもしなかった——

ツー・スリーの局面、無数の犠牲フライでも何でも
きみはすべて捕球することを選んだ

もしかしてきみはみながきみのために泣くのを見ているのか
ぼくらときみは本当に全力をつくした
バットが空を切ったところ
きみの宇宙
どうしてだれかの言葉で決められよう
わかっていないやつは勝手に憶測すればよい
金融危機、テロリズム、世界の終わり
生きている人間の関心事は
どれもどうでもよく見えた

島嶼の時代区分は、漆黒で苦い
遠くから聞こえる発信音はいつもの通り

暗示しているようだ
もう少し、もう少し持ちこたえれば
あのゲートを越えられる
本当に一度はきみの顔に希望が見えたんだ……
ため息は霧のように、涙にくもる目は隕石のように
きみの甘みはしだいに夜に消えた
あのときはきみが死ぬなんて知らなかった

Ｆ！　ＢＩの最後の一日になるだろう

極めて低圧の危険な積鬱雲の波
この空の頭上全体を覆いつくす
あの汗も溢れ出し
あの電波もアンテナが全部立っている
Ｆ！　それがおれたちの最後の悲哀（ＢＩ）だなんてだれが言った

夢の土地はとっくに緩みきって
衰弱のあまりもう
おれたちはつつくこともできない
Ｆ！　満開だな
内心の悲哀（ＢＩ）には限界がない

Ｆ！　偉大でこんなに笑えることに対して
おれたちはいつも知りすぎている
いつめぐりあわせの悪さを感じるべきか
だれかが自分は
まだ愛せると思ったとき
陽光、そよ風、涙……
それならおれたちの悲哀（ＢＩ）はもう花も恥じらわない。Ｆ！

あでやかな紅い炎の舌にも愧じぬ
青銅のような目
黎明の血にも愧じることなく、また空から一滴一滴と
文明全体に注ぎこむ
人々が負える限りの悲しみと憤り
全身に矢を浴び
街頭に集まるとき
Ｆ！　それがＢＩの最後の一日になるだろう

世界中が工事中

世界中が工事中
電気ドリルは降りつづく淫雨の間を穿ち、薄暮にコンクリートが打たれる
いつのまにやら
ぼくひとりが破壊のなか

ほの暗い板金の嵌合工程
いくたびか
それぞれに隠した研磨と剥げたメッキ
ぼくの山は突き崩され
ぼくの船は難破しかけ

海亀はいなくなり人魚も逃し
童話の竜宮城はもともとがらんどうだった
ショベルカーが一台永遠の夢のなかにアームを掲げて

心のなかに裂け目が現れる
ああいう不正事件は
見えない指によってしいっと押さえられる
沈黙が全てを鎮め
ぼくの破壊に委ねられる

あれら若い頃にそのためにそのために震え
そのために叫び
そのために奔走した信念よ
通りの人波のなか
ごめんと言いたいのに
だれがぼくを許してくれるだろう?

疑いの雲

疑いの雲の中に立って
何かが胸に迫ってくるのを感じる
ますます近づいてくる
今にも断線しそうだ
電力は欠乏し
最後の一区画だけが残る

この嵐は伏線で
かすかに触れるにとどめ
海は干上がり岩が砕けても
心は二度と溢れまいと思い

放っておいて腐るに任せるつもりだったのに
銃口からは涙が溢れてきたなんて

かつて駆けてゆく無数の陽光があり
人々の汗を集め
一つの広場に滴らせた
かつて遠くにショベルカーがあり
たゆまず掘削した
眠れる首を

警笛が鳴りひびき
雲のかなたの喉仏すら
猛り狂うようだ
銃弾ブリーフさえ
勇壮になる

しかし情勢に人々はちぢこまり
雨に打たれた肉まんは
さかんに湯気を立てながら、中の具は力なく
もがいている
犬には食われたくない

フェンスとバリケードを越え
突き刺すようなまなざしの
懐中電灯
その夜の夢となり滲み出る
分泌物は
最も止めることが難しい
そんな風にしないでくれ

孤峰のように無言で
この風雨は伏線

もともと軽く触れるだけで
放っておいて腐るに任せるつもりだったのに
銃口からは涙が溢れてきたなんて

べつにみんなじゃない

べつにみんなの夢が
はみ出た部分をうまく
包めるわけじゃない
闇の中でべつにみんなが
トレンチコートを着ているわけじゃない
次にどちらの方向に吹かれるか
わからないのはお互いさまだけど
醍醐寺のしだれ桜なら
無邪気な傲慢をつらぬいて
最後の冬の雪に耐えられるわけじゃない
公衆便所では水と空がつらなる
携帯で喋っている人は

にぎりしめた自分のはぐれ雁を
明滅させる

べつにみんなが千里の彼方と語っているわけじゃない
絶え間ない豪雨
それにべつにみんな
軒先を行ったり来たり走る野良犬なら
これから
どこに行くか知ってるわけじゃない
べつに毎朝起きても
みんなが乳と蜜のように
朝の光の中にいるわけじゃない
物価が少し上がっただけなのを祝うべきではないのか?
癌がそれ以上転移していなかったのを喜ぶべきではないのか?
もともと生きのびられる予定だったのが
ついにあきらめがついたのではないのか?

悪いけど
本当にみんなに
用意されているわけじゃない
赦しを選ぶ機会が

空襲

春だ
同じ種類の光に包まれ
行ったことのないコックピット
ひそかに起動している
プロペラの上で、きみの喜びと悲しみは
疲れ果ててしまったはずだ
でもこれは戦争、これはやはり戦争
軽功を披露して舞いあがろうとするのに
突然落ちて空襲になるだろう
しっかり手に握っていた何かを
投げつければ空襲になるだろう

幾度だったか
人生の輝かしい必勝の時
ぼくは投降した
かすかに冷たい便器の蓋を上げ
こらえきれずまた腰を下ろし
それらを全面的に空爆する……
優雅な光をはねかえすカフェの窓ガラスに
ある夢の中で逝った車両の中に
ぼくは自分が永遠に
それらに安んじられると思っていた
胸に防風林を植え
暗い流れを寄せつけずに
疲れ果ててしまった
これは戦争だ、でもまさかこれが戦争だとは
涙は砕けてもまた滲み、拭いてもまた滴り
絶えず去りし日の理想を空爆する

夢遊民

小路と大通りの間を歩く
月の光が照らす
建設現場のトタンの上
「良質な労働者をお求めなら」の文字
汚れて臭うコートから昨日の吸い殻を取り出す
おれの落胆、あいつの焦慮、おまえの絶望
消えようとしないのは
暗闇の最後の一すじのあごひげ

おれも夢を持たない遊民だ
おまえと一緒に鉄柵とフェンスに穴を穿ち

おまえと環境評価を通過した三途の川の橋を望む
おれの落胆、あいつの焦慮、おまえの絶望
不眠の広場で静かに座り込みをする
涙は凝固しては崩壊する
彼方では神々の沈黙が語っているようだ
わかっただろう、悪辣な黒と無知な白の間には
一切の隠蔽はない

もっとも大切なものがすでに失われているとき
夢で、おれたちはいつかあらゆる山河をめぐった
地下鉄と新幹線が四方八方にはりめぐらされ
没頭して拾った屑の数々
かつてのゴミ捨て場にはうっすらと栄光が見えるようだ
すべての核廃棄物を抱きしめて離さず
――堪えられず目を覚ました者は
たちまち自分の

夢の遺物となる

おれの落胆、　あいつの焦慮、　おまえの絶望
地獄を共にめぐる季節
催涙弾が放水銃と無言で相対するのもかまわず
土石流と竜巻の間を行き交うのもかまわず
流星も
達せられぬ願いゆえ
淪落しては孤独に
自らを燃やす隕石となる
巨大な夜と卑小なおれたち
極楽鳥花（ストレリチア）、　極楽鳥と極楽は
いつもあと少しで
出逢えそうなのに

バッテリー残り10%

ジューシーな慈善家になるのは
孤独なことだ
動悸のする夢想家になるのは
ついてないことだな

一日また一日と心中ひそかにこんちくしょう
地蔵王菩薩がまるごと地獄を負っているように
青筋を立てて、血肉は咲きほこり

千夜一夜よりも長いのは
きみのゆるやかに舞い落ちる

一枚の羽根

このときようやく気づいた
どうして
こんな苦しみに耐えようと思うのか

不完全な文

——Facebook の日々に捧げる

誰の蹄に押されて火花がはじけ
この夜の長く破れかぶれの行軍の道を孕ませたのか
誰が生活の牢獄につながれたあげく
キーボードを叩いて自分を巨人の姿に仕立てたのか
誰が悪魔に向かって大笑する髑髏にいいね！を押したのか
鍋の中で煙の如き人々に色目を遣って

清明

純白の雨季
羊の群れは飼い慣らされ
神の主題で
透きとおるまでに街角の風景を通り抜ける
音色は胸に迫り
技巧も胸をおののかす
何もしかし
起こりはしない

演奏がどこか
上の空では？

ひたひたと感じさせるのは
すぐ窓の外の
寂しい墓地

何かが
より大きな不幸の中に身を置いて
極めてかすかな音の下で
あなたに
聞いてほしがっている

最後の晩餐

ぼくが懐かしむ
壮大な都会の景色
窓の外にゴミが飛んでいる

人々はみなかしこまり
笑いながら
ぼくは黙ったまま
斑点のある魚が
孤島の皿に横たわっている

思わず

ちりれんげを出せば
規律と道徳が
軽くフックをくれ
ぼくがテーブルの上に浮かぶのを押しとどめる

ずっと鼻をほじっているのは
隣の席なのに
感じるのは
自分自身の恥ずかしさ
振り向くたび
宿命的に
塩の容器になる

腕の間に沈んでいる
まがいものの宝石と重金属
震えおののく星空

テーブルの脚の歪み

夜は一羽のはばたく巨大な鴨
わかっていない
すでに煮えて熟しているのに
だれかが懸命に化粧直しをして
自分では
デザートのつもりでいる

時には妬みもする
酒肉の高騰に
ナプキンの片隅の方舟に身を安んじる者どもよ
日ごとくりかえされる寒食の路に
ナイフとフォークを高々とかざし続け
もっとも脆弱な部分をめがける

いわゆる豪華な宴とは
壮大な文明の姿
窓の内には屍人の肉が飛ぶ

麺の一本
米の一粒
すべてが一場の永別
すべてが他人のある夢

C
遊

（Cでない）君に勧む　多く採擷（さいけつ）せんことを
此の物最も相C（思）たり。

少しもてらいなく
大泣きし大笑いする瞬間
ぼくたちは
子供に戻れる

顕微極遠のソネット

★★★★★★★★★★☆★

★★★★★☆☆★★★★★★★★★★★
★★★★★★★★★☆☆

★★☆★★★★★★★★★★

★★★★★★☆★☆☆★★★★
★★★★★★★★，★☆☆★★★★★★★

★★★★★★★★★★☆

★★★★★★★★☆「★★★★★★」
★★★☆☆★★★

★★☆★★★★★★☆★★★——

★★★★★★★★★★★★☆★

★★★★★★★☆★，☆★★★★★★★

注：
これらの星々は果てしなく広く深い
拡大鏡、顕微鏡、望遠鏡と
陽光、空気、白日夢とよだれをご準備あれ
一心になるから
野を焼くことができる

同窓会

隣でバナナを食べているクラスメート
向かいで栓を抜いているクラスメート
以前にアイスをなめていたクラスメート
背後霊のように風で腹を満たしているクラスメートよ

電波は弱いけれど
誰かが繰り返しぼくらのレーダーを試している
おとなしいシャツと激しい汗の下
ああしたホームパーティーがまだ続いているうち
いくつかの披露宴がこっそりと進行している

ぼくらのホームゲームの利は
照明弾のようにひけらかそうって約束しただろ
うつむいて携帯の画面の星空を見て
都市と郊外に広がる原野に通勤する
うっかり撮ってしまった心霊写真にも
純潔な心がある

弱々しい島々
たくましい風景
勇敢に服を脱ぎ
抱きしめようよ
公共の問題に参加しよう
そこで誰かが誰かにこっそりキスすれば白馬の王子さまだ

あの曖昧なまなざしたち
一度また一度と勇を鼓して渡った

命の危険もある青春時代の海域
やっとのことでついに隆起した筋肉と喉仏にたどりつけば
みんなして突然ことばを失い
次々に中年おやじの正体を現し
こんちくしょうめだのくそったれだの楽園はこうして崩壊した

今こうして集まっている馬鹿たれどもはなんと寂しいことか
（氤氳（いんうん）の中にすっくと立っていた謎の鳥たちはかなたに飛び去ってしまった）
でもみんな
ぼくらは永遠にまだまだ阿呆んだらでいられる

いくらかは誰かにもう聞かれただろうけど

あののぼりは
誰の斬られた腕？
一年中広場で
魂が抜けたように風を相手に拳を練習している
湖と山林が百千万年この方見つめあうのは
あの濃い霧を知りたいから
一体、
黄昏という豹の斑点なのか？

塀に立ち小便をする男は

蟻の温泉を作ったんだな

きみがきみだってどうして分かる
一頭の恐竜とか
一杯のパパイヤミルクでないって？

今日も思っているか
一〇一階のようにすっくと思っているか
十八層地獄のように卑屈に思っているか

自分が高ければ
他人の高さは見えなくなる
天才同士のキスは
いつもそんなふうに
高みを行ったり来たりなのか？

この時まなざしの泉に
「滑稽」は古代の器物だそうだ
それで何を飲み干せば
きみをまた笑わせられる？

金色のリンゴのように目覚めた朝
傷痕には一面に露がおり
思わず自分に問う
体内の虫喰いはこうして消えたのか？

二かたまりの糞でも
身を寄せ合って暖を取っていれば
言えないだろう
本当の愛でないとは

今日のうっすらとした
哀愁は何のつもりだ？
（それは何の手だ？　誰を追いつめたいんだ？）
桂の棹と蘭の檝（かじ）
この生にもともとさほどの深みはない
すくいあげるほどの
すべてはただ微笑みながら（拷問に耐えかねただけ）

みな客席を去ったのに
きみだけが
まだ芝居を続けているのか？

ああ、まだハンサムかい？
ぼくはとっくに街に出てストリーキングすべきだった
ああ、まだそっちの世界にいるのかい？
絶世の軽功はぼくはとっくに身につけているはずだった

ああ、伝説に聞くハネムーンだって?
とっくにきみを誘っていくべきだったな
詩だって、ああ、まだ誰が読んでるんだ?
とっくに死にものぐるいで書きあげるべきだった……

どうしよう
ひとり孤独にドライマンゴーをひと袋食べつくしてしまった

もし夢を見つづけさせてくれるなら

——綦毋潜（きぶせん）と龍興寺に宿る

朝の光が届ける
清らかな愛撫
青蓮のごとき震え
律法はゆかしく
ひらめいて過ぎる
噴水のような鳥の声
急に湧き急に滴る
ぼくが誤って飛びこんだ
香気あふれる山寺

奥はあまりに深く

帰るすべを忘れた
古い門を鎮め守る
あの松の幹のたくましさ
涼しい風が吹き
方丈では花と灯火が
明るく輝き
一粒ずつ数珠が
くるくると
誘惑している
ぼくの眠りに沈んだ心を

霧

霧の父は
海辺で酔いしれ
霧の母は
切り立った崖で煮炊き
霧の父母は詩を書かない
でも霧はひとりの詩人
神通力のように
人々にもたらす
おぼろなパーティー

癒しの幻覚

霧は有名になってからも
いつも通り子猫や城のように
うずくまっていた
凝結して涙になる前
霧もぼんやりして
他人の隠された傷痕に触れてしまったことがある
どうにかごまかし
人生という監獄の脱獄を試みたが
最後にはただ
羞じらう心を
スプレーで処理することしかできず
今はシャツの中を駆けめぐっている
静かに抱いたまま
秋の島を

みなはこらえきれず

一緒に眠った
暗示と曖昧は
一篇の隠された詩のなか
人に気づかせることのない訪れと消失
凝結して涙になるまで
終始自身を認めようとしない
惨霧
ずっと知らずにいる
次に目覚めれば
このすべては
また同じ
霧なのだろうか
でもかれは思う
本当に愁雲を愛したのだと

あの

ものうい目を細めます
剣(つるぎ)の日々なら定まっておりましょうに
時が来たらまかせてくだされぱすむこと
涙と笑いとともに久闊を叙すのも、よいでしょう
とっくりとなだめたなら
まことに群を抜く
きざした思いは丹念にだんだんに消してしまいました
ときに
花の日々も定まっておりましょうに
こうして終わってしまいます
気をおつけなさい、何を慌てるのです?
それもあなたがたを騒がす手間を省くのみ

こうすればそれで済むこと
恋恋として去りがたくとも
あなたには決して添いませぬ
なのにあなたが胸から去らぬなどとは
ひそかに支度を命じました
まったく手をつかねるよりほかありません
どこにあなたのように道を説く君がおりましょう
倉卒の間には……
それでどうしていけなくて？
ようやく散じつくしたのに
もう出会いたくない……
誰も信じませぬ
かまっておられませぬ
それでこそ形が与えられる。

詩余集句

今宵はさらに
寒枝を拾い尽くせり
とどまるを肯わず
小山の重なりあえど
遮りもならず
秋風の肥え、玉露の痩せほそる
涙をたたえ花に問わん
ただひとりいかに夕闇に対せよう?
この愁いは閉ざさるるなく
雲の裂け目より月あらわる
ただ恐る
夢の中をそぞろ歩ける若衆を

胸には激烈なる志
ひとたびめぐりあうや
よくよく見れば桜桃にも似る
点々と彩るは粉圓
たとい千種の好(よ)き料に恵まれど
ふれまうにはえ堪えざらん
知るや知らずや
紅いしとねは波のごと、帯は日ごとに緩みゆき
万里に長鯨の縦横し
吹蕭を憶う
汝(なれ)　玉簾たりせば
むなしく釣らるるを願わん
汝が
小さき銀の鈎に

見鬼(ふしぎ)な問題

1

青春の絶壁にまたがり
はざまにある幽霊屋敷
きみと出会えば
鼓動が早まる
おかげで勘違いしてしまった
愛したのだと

2

もともといいかげんにすますつもりだった
ぼくたちの愛情

抗議者たちに正面から鉢合わせ
断固として反対するまま堂々めぐり
逆にはっきりと
霊感がついてきた

3

ぼくたちはあの手のホラー映画
幽霊になってしまうのが怖くて
絶えず他人を驚かす
なのに結局自分が脅えて泣いてしまう

4

目をつぶって
そのままに委ねる
あの一滴の涙が
ひとつらなりの幽魂が
流れ出る

雨のしずくが飛び散った瞬間
ただもう一度愛の行為をし／人間になりたい

5

煉獄のごとき人間界
屍体を最も清潔で明るいところに隠す
それでも幽霊のように胸躍り
恥ずかしくなる

6

問題は
何度幽霊にあったら
幽霊に目を塞がれたように
永遠に一緒にいられるのか？

秋に

——鄭愁予（ていしゅうよ）「月の光は流れ、すでに秋だ、すでに久しく久しく秋だ」

島には陰々滅々と
秋風が吹き
ふわり漂う
様々な獣の毛、鳥の羽
この夢遊の夜よ
月
色
心の奥底からわき上がる

煙でいぶされた孤独
意志の鋼鉄の上に平げられて

どうして想ってはならないのか
どうして想ってはならないというのか

昨日のはじらったビールの缶
明日の倦みつかれた火種
饕餮（とうてつ）のようにむさぼり食う者どもの集う海辺
無数の朱欒（ざぼん）が
静かに剝かれる運命を待っている
ぼくは前のぼくではない
ひときれの炭火焼肉として
力を振り絞って輝かなければ
巨大になり、きみのために飛びこえよう
永遠の信念の中へと

今にも消えようとする夢から覚める前に
もうきみをかたく抱きしめられた
飛びこもう

ぼく自身の燃えさかる炎の中へ
もしきみにもそんな日が来るなら
すべての材料をかきまぜて
むらなくのばした焼肉のたれのように
それでも革命した、愛した
意志の鋼鉄の上に広げられて

どうして想ってはならないのか
どうして想ってはならないというのか
秋風が吹き
ふわり漂う
様々な獣の毛、鳥の羽
この夢遊の夜よ
純情すらも焼け焦げてしまう

詩狩りツアー

人生というツアー旅行
詩も狩れたりするのだろうか
それも運によるだろう
満開の時期を過ぎて
返金不可とか
桜が侍を待ちかねて
がっかりして散るように
時にまなざしは奔流のように
ぐしょぐしょで鯨を楽しみに来る
きみはぼくを渦潮に、ぼくはきみを暗礁に
でももうそれぞれ違う海域にいる
鬢の毛に白いものがまじりついに神の領域に到達する

果敢に、果たして、果然と（ついでに果蠅(フルーツ)とか）
泣き声、笑い声
すべて揃ったのに
詩はさながらオーロラの一閃のように
永訣を告げる

日常の幻術：精神病患者がぼくに語ったこと

1

密室は声を出すだろう
孤独にそういうことを気にする
手榴弾がひとつここに転がり込んで
彼の喉仏となった

2

人に告げることのできない
ある種の感情
地下の陵墓を去り
兵馬俑の便器に君臨する

忽然とどこから現れたか
一陣の波立つざわめき
金色の花のつぼみが
満開になる
トイレの奥深くで

3

冬の日は短く雨夜の眠りは長い
酒杯と並び立つレストランのウェイター
うつむいて自分のメニューを料理する
最高の花は
痴なること托鉢の老僧がこぬか雨の中に久しく座するが如く
あらゆる果実を濡らし
また内心の古刹は奥深くに秘めて

4

きみが自分で格好良さに死角なしと思っているのは分かってる

でも魂の隙間には気をつけて
この雄々しくどこまでも広がる宇宙を感じてみて
王子
麺のように
そっと握りつぶされる

5

夢の世界をこじあけ朝の光が射しこむ
少年時代の美と尊厳を取り戻すため
蟬の抜け殻のように窓を向いた横顔
飛びかかる小雨の間
マントウが卵を挟むような悲壮の感を隠せない

6

みな大泣きしたいけれどぼくたちはただ天涯流浪するしかない
豪雨のなか高速道路に車を走らせるように

空の稲妻はＥＴＣの集金信号のように
絶えず閃いて……そうだ、
ちょうどあんなふうにキスした。

7

ヴェロキラプトルのようなミキサー
果樹園を丸ごと
一滴の果汁に濃縮するように
ピポ！
この世界のすばらしさに
詩を弄するのが恥ずかしくなる

8

ナイチンゲールへ
もの寂しく彫（まら）を歌う
菩提樹のように
幹（やる）のには身体を鍛える必要はない

金色の油
菜花（カリフラワー）の世を隔てるようなかそけさ
記憶のなかの馬の
眼はあまりに遥かに広がりいつも紫
丁香（クローブ）の色があらわにする点はいつも異なる
信者がうかつにも脱ぎ
落ちた桑の実のあの風の涼しさにはとても
情感がこもり草むらがかがやく胸を覆うよう
口こそが気づく愛には性がない
別の

9

高層ビルが月を遮った
淡々と撃ち出された考えのせいでぼくはもうこのねばつく人生を通り過ぎたくなくなった
横断歩道の危険な場所に高々とかかる信号が光るのは誰のみずみずしい緑の独眼だ
しばらくしたら赤くなるのは分かっている——
暗夜はあんなにも長いのに、遺された夢はあんなにも短い。

青春はあんなにも短いのに、古びたネタはあんなにも長い。

10

いつもゲートを通るとき
ビービーと正義の警告音を発する
それから続ける
光り輝く片思いを
もともとぼくたちの
いちばん得意な羞じらい

11

まるであの黄昏に一匹の虫が急降下し
ぼくのジャムに入ったように
どういうことだと叱責するより早く
かれはもう消えていた
夕焼けの奥深くに
ひとつの星になったように

12

悪夢が帰ってきた
返せぬ借金が帰ってきた
毎日目を覚ますとすべてがまた帰ってくる
「先生はきみを西瓜にしたい
長官はきみをドラゴンフルーツとまちがえた
でもきみはどう見たってミニトマト
なのに自分で突っ込むに忍びない……」

13

深い夢と小さな詩の見る建設風景
燭台の灯りの下
抑揚と起伏に富み
ある種の相手が別に「ぼく」に
属していないような感覚……
甘く見るな

でも恐れるな
ショベルカーでも鼻くそでも
「きみ」の存在を庇護してくれるから。

D（低）級、D（低）調、涙のD（滴）、おDんDん
ポタポタ……最初の一D（滴）から最後の一D（滴）まで
あらゆるよくわからないままDされたものは
自ずと神明がお守りくださるDろう。

毎朝のはじまり
淵に臨んで
自らのささやかな放出を捧げ
便器のレバーを押して
この世界と
大いなる和解をする

UFOキャッチャー

ぼくをそっと吊り上げたのは誰だろう
はてしない世界の中
ぼくに高さを与え
激しい風がうなる中
時代の区分にそびえたつ衝撃——に揺るいだ
二度——
逆に回転しはじめる時
すべてはとてもわざとらしく（ちゃんとつかんでいなかったんだ）
惜しむように
またぼくを人の世に戻して
引き続き詩を書かせる

雨夜の恩返し

雨はぼくを憎まない
雨はぼくをぺろぺろなめてくれる
ぼくたちの特殊な関係を暗示して
それは子供の頃
ぼくが手を伸ばし
救ったあの墜落して砕け散る定めの雨が
恩返しに来たのだろうか

尽きることのない波
尽きることのない罪
ぼくの外見は暗礁のように落ちついて

内心に実はたくさん稲妻が走っている
詩を読んで感電するたびに
知ることになる
それは
ぼくに書かれた文字が
雨夜そのものに変幻して
恩返しにやって来たのだ

虎父

父は病んで、身体は炉のように
ぼくたちは彼の心、一頭の猛虎を見舞う
彼の痛苦をキングコングハッグするかベアハッグするべきだろうか？

頬骨のとび出した孤独の中
病床に横たわる、父は寅年
飛び立ちたくなかったわけではなくただむくみすぎていたから
もしかすると跳び下りたかったのにその度胸がなかったのかも
彼自身の父を夢みる
もう一匹のいかめしい動物を

彼の傍らに付き添って
ファスナーを閉め、窓を閉める
繰り返しそれらの数字を検査する
花の色を変え、手を伸ばしてチャンネルを切る——
窓の外の暗雲は彼の皺
流星は爪痕

この後の時代は、彼の荒々しい喉に隷属する
彼の墓の影に車座になり
なおぼくたちに叫び続ける
あの壮大無辺の謝罪の意では
赦すことのできない深い霧……

黄昏は虎のように

腐りはてるとも、ほらを吹きはしない
琥珀の中に顕現するごまかし得ぬ目
闇夜の降臨を防ぎ続ける
彼がぼくらの父親だ

母に

I

ずっと走り続けている
手にしたものを母に見せようと
母にほめてもらおうと
がんばって
母の前に来たところで
大事に持って来たものは
突然消えてしまった
ぼくは息を切らせて思わず泣き出す
母も嬉しさのあまり涙を流して
ぼくをほめてくれる

あんなに遠いところから
ぼく自身を連れて来てくれたなんて
母はすべて見ていたわという

2

もう一度目を開くと
何かがすでに壊れてしまっている
どうして津波の後の砂浜なのか
どうして永遠に閉じたままのコノハチョウなのか
かれらはぼくを王子が変じた蛙だという
自分ですら気づいた
ぼくは白鳥が変じた醜いアヒルの子だと
でも母はぼくをぎゅっと抱きしめていた
長年の間
母はなお魔法の鏡でぼくを照らし
自分が世界でいちばん素敵だと信じるようういった

3

あの時もこぬか雨が降っていた
母の手を振り切って
手をつながせないように
ますます遠くに歩いて
ますます子供のように
母は笑った
あのこぬか雨は母の白髪に変わり
そしてぼくの白髪にも変わった
母は相変わらずまなざしでぼくの手を引き
永遠に黙ったままぼくの手を引く
ぼくに気づかれぬように

初恋の墓地

峰をめぐるカーブ、花咲く木々が明滅する
窓の外には雨の景色はみえない
ただ風景があるばかり、きみを連れてゆこう
ぼくの初恋の墓地に

記憶は獣の紋様のように獰猛で
行きつ戻りつ逡巡する
心の化石の上に
この一生はこうしてしずかに
投影する
悲しみの位牌を

霊魂の奥深くの雲夢大沢
あの鳥たちは
ずっと閉じこめられたまま
黄昏のまなざしの中に——
愛してる
だからきみに知ってもらわなければ

おとなしそうなのに
時として光をはねつける青春の幼さ
はるかなそこにはかつて
烈火に焼き尽くされたのち
信号の途絶えた
永遠にうずめられたある種の信念があった
それもぼくの一部だ

心臓讃歌

胸の高鳴りは季節を問わないよ！　かれの一途さを愛してる
愛してる、どんなことが起こっても
ついてきてくれて、ほかの胸に身を寄せて暖を取ったりしない

この無償の運転は、日夜
神、詩と夢の世界を載せて往復する、霊魂と肉体の間を
やさしい流血で、憂いを包囲し、秘密をうずめる

医者は聴診器でかれと会談し、やはり主張する
一面の漆黒を。だけれど、かれに直接会うことさえできない
ぼくの病が重くなりつつあるときに……

ぼくのために発動される潮汐はもうない、もう
どんな星宿もない、ぼくのためにまたたく時刻は
それでもぼくのためにどくどくと脈打ち、懸命に前進する――
失恋の深淵を跳び越えるなら、それからさらに
死神の火の輪もくぐらなければ

湧きあがる泉

いろんなことに返事のない日々
通りの向こうで突然誰かが叫んだ
耳を揺るがすばかりのぼくの名前
昔の友人が叫んだのだ
命の危険を冒して車の流れを突っ切り
わざわざぼくの前に来てなつかしいと伝えてくれた
その瞬間の心にはどんな風景の変化があったのか?
ぼくもぼく自身がなつかしかったんだ
裏山の林に埋めたのはずっとぼくだった
闇夜のコートの奥で露出できないのは実はぼく
あらゆる警報を発し

あばら屋がやはり秋風に壊れるぼく
ひとり厳冬のバリケードと警棒と盾に向かい
追憶の渡り鳥を守りながら
湖水を凍らせないようにするぼく……
深刻さが足りないのに風雨に打たれるままのそんな衰廃
本当に乱暴でずっと夢に見られるそんな壮観
湧きあがる泉
ただ黙ってうつむき、乾かす
世界は「ガツン」と音を立て
衝突に耐えつつ
この一切の罪は
詩を書くことによって赦されはしない
すべてのプレートを移動しているのはきみにひと目会うためだけのぼく
毎日熱い血はかすかな銀河系で練習している
きみと偶然出会った億万個の流星のぼく
豪雨にあふれる高速道路を運転し

巨大な鯨のような怒号をあげるぼく
だれも思いいいたらない深淵にずっと囚われているぼく
深刻さが足りないのに風雨に打たれるままのそんな衰廃
本当に乱暴でずっと夢に見られるそんな壮観
湧きあがる泉
ただ黙ってうつむき、乾かす
この一切の罪は
もともと詩を書くことによって赦されはしなかった
いろんなことに返事のない日々
耳を揺るがすばかりのぼくの名前
それは昔の感情が叫んだのだ
その瞬間の心にはどんな風景の変化があったのか
湧きあがる泉
今はもう一滴ずつ
よくなりつつある

封印

もう少しがまんしよう
あの人はもうすぐきみに話しかけにくるだろう
とがった角で気があることを示すだろう
UFOが着陸するように
祝典の花火のように放つだろう
わざときみの横を通り過ぎ
きみの前にいる彼に話しかけるだろう
幼年時代の紙飛行機が水面に映る影を越えて折り返すまで
ストローがついに大海に通じるまで
あの人はきみのために最強の暴風雪を解凍しそうだ
あの人はまるできみのために
死んでしまった恒星を加熱しているようだ

もしきみに信仰があるなら
あの人はきみに信じさせるだろう
それが神だと
こう言いながら…大丈夫だよ

大丈夫だよ
封印はもう解かれた
これからは愛し合える

露

この誇り高い朝の光を投入する
まなざしは詩
詩の眼目は神
そっと萌(きざ)された
木の葉のはだかの胸が露を受ける
どの詩も次の詩に霊感を提供する

もしほんとうに一滴の露をものにできるなら
千百の黎明を呼び返せるだろう
詩の眼目は神だ
まなざしは詩だ

この誇り高い朝の光を投入する
きみはそっとうなずいていてわかっていると言う
なぜならきみの目は
ぼくの目と通じあっている

日一日とくりかえされる頽廃
なのにこの時の豊かさを信じている
あれらの承諾はすべて最も真剣な承諾
あれらの絶望もすべて偉大な絶望——
まさに妊婦のようにみごもっている
世界にささげる詩を

無数の頭がうごめく広場
誰の英雄にもなれずにいる
たとえ
すきとおり湯気となってたちのぼるぼくらも

ついにはこの詩を書き終え
消えるのか……

短棹と孤蓬
一枚のわくら葉
透明に輝く涙

このごくかすかな
誇り高い朝の光を投入する

変形金剛（トランスフォーマー）

詩を書くことのできない時刻
突然着信の震動
絶えず着信し、絶えず震動する
あらゆる会議がちょうど進行中
どうか邪魔しないで、どうしようもない
そのいちばん寂しい部分
震〜〜え〜〜てぴかぴか光を放つ
震〜〜え〜〜て飢え、凶暴になる
詩を書くことのできない時刻
世界は少しずつ崩壊し変形する
でも誰かがずっとぼくたちの金剛
壊れない。

恒星

ぼくたちはこんなに年とった
老いさらばえてもう侵略できない
絶壁の上で、揺らいでは湯気となって立ちのぼる
昼夜の交代はもう何者をも阻めない
思想は空高く飛んでゆく
大気に満ち満ちる
火の着いた魂は
ぼくたちのぶつかりあいで
誕生した
恒星
空で人々を長年困らせている

いくらかわかる

太陽が煮えたぎる
頭を低く垂れて頬は鮮やかな赤
とつぜん
すべてを悟ったとき
ふふと笑い
まるで変態のように
いわゆる信念
とはこういう機関で
熱血を捧げてしまったら
相手はきみがそれから
起動したと知る
永遠に一種の幻覚に忠実なのだと――

「おい、兄弟、お見通しだぞ」
たぶん本当にお見通しもいいところなのだろう
いつも帰ってくると満身創痍
だからあっさりと、満ち足りて
まるで雨後の小さな一粒のナッツのように
いくらかきみをわかっているのに
知らぬふりをしさえすれば
ぼくも知らぬふりをするあの瞬間
それでも完全に
互いを理解できる

花火が空に躍り。噴水が交叉する

ああ、こんなに長く耐えて
大海の見事な風景を支え抜いた
きみも小さな鯨ネジ

A DREAM

あとがきにかえて

1

遭遇した多くの創作者が、多かれ少なかれ迷信に囚われているのは、たぶん創作そのものがかなり奇怪なことだからだろう。

2

B級キャスト：「恋愛もたくさんすれば誰かがきみに詩を書いてくれるだろう」。
A級キャスト：「夜道もたくさん歩けば幽霊だってきみに詩を書いてくれるだろう」。

3

「じゃあどうしてぼくに詩を書いてくれないんだ？」
「気に入ってくれるなら、ぼくのすべての詩はきみに書いたものだ」。

4

ぼくの詩がこんな風なのは、医師という立場に必ずしも関係はない。自分の奇怪な体質と個性がそうさせるのだと思う。じゃなければ同じように詩を書く医師はたくさんいるのに、みなそれぞれ違う詩を書くわけがない。

5

詩人は若ければ若いほどいいが、年をとるまで書き続けなければならない。

6

十分に良い詩は恋人を愛情のふところから救い出せる。十分に良い愛情は詩人を詩歌のふところから解放できる。

7

詩が時に追求しなければならないのはしとやかなエロ、優雅な猥褻、気品ある下劣だ。

8

詩を書く者にとって、どんな詩が魅力的だろう？　恐らく読んだらたまらず詩を書きたくなる詩だろう。ヨガのあと、うっかりたがが外れて、コルクが抜かれたように、すべてあふれ出すように。

9

一生のうちに一つか二つきみの好きな人に永遠に覚えてもらえる詩句が書けるならすべてはむだではない。

10

詩は詩人と読者の間の子供だ。

11

「詩を贈ってくれてありがとう、あんまり出来はよくないけど。」――深夜の詩の広間で、愛さない時、それらの愛の詩はもろともに腐ってゆく。

12

ある種の人たちが創作観を語り、唾を飛ばしながら自分の創作にはめられた枠を説明しているようなのをよく目にする。その枠がなければそれも駄目だ。自己紹介が一つの枠であるように、身分証だのクレジットカードだの各種の賞状やトロフィーやあれやこれやも小さな枠だ。枠を壊したいのに何とかしてそれを維持しようとするのが、人生の苦痛の源だ。(以上も一つの枠だ)

13

「天衣無縫」とは多くの創作者が夢に見る境地で、深夜に夢の中でみないつも固く拳を握りしめて繰り返し自分に言い聞かせる。「だめだ！　自分はもっと努力しないと！」しかしそれが一番矛盾したところで、天衣無縫は努力でどうにかなるものではなく、天衣無縫に頼るしかないからだ。

14

ある人々は健康のために書くが、ある人々は病のもたらす霊感に頼って書く。良い作品が読めるように、ぼくは同様に両者を祝福する。健康を失いませんように、そして永遠に治りませんように。

15

削除の術に関してはこうだ。

「結局のところ片腕を切断するしかなく、そうすれば黯然銷魂掌をマスターする可能性が生まれるようだ――もちろん正しい場所を切断しなければならない、誰もが葵花宝典を身につけなければならないわけじゃないからな。」

「多くの場合、欲のせいで（自分で思う）美しい句をあきらめきれないが、いい材料をすべて同じ鍋に放りこんだからといって、絶世の美食が完成するわけではない。」

「差し障りがなければ短くしてくれ、短くしたからといって差し障りはない。」

16

最近ネットのＩＤを盗まれる人が多いようだ。真贋を判別するため、相手に自分の詩句を暗誦するよう頼んだらどうだろう？　いや、互いの友情をそんな風に試すこともないだろう……

17

以前に車内でみなが新聞や雑誌、漫画を読んでいた時、その人は詩集を読んでいた。今はみなが携帯をいじっているが、その人はやはり詩集を読んでいる。（世界は複雑すぎるからぼくらは自分をいくらか純粋にしておくしかない）

18

「ずっと言おうかどうしようか迷ってたんですけど、二、三年前にこう言ってましたよね。「きみの年齢で詩に夢中になるなら、大事にした方がいい、もしかすると何年かしたらそうでもなくなるかもしれないから……」それが預言のように当たりました。もう戻れません。」

「かまわないよ。もっと好きなことを見つけたんなら、もちろん自分の天性に従った方が良い。でも詩を軽く見ちゃいけない。何年も経ったある日、また詩を愛するようになるかもしれない。待ってるよ。」

19

きみは結局は孤独で、誰も本当の意味できみのそばにはいられないと知っている。きみはもう自分のためだけに詩を書く人間になり、その詩の価値を自分でわかっている――きみも完全な孤独ではない、少なくともきみの孤独にはきみがそばにいる。

20

こっそりと完全に無関係なようで関係ある詩も書く。

21

紀弦：「詩の本質とは……散文によって表現され得ぬ詩想である」。
木心：「わたしの短篇小説はすべて叙事的な散文だ」。
黄碧雲：「わたしは小説によって詩を書いている」。

22

世界のどこかできっと、詩祭がまた幕を開けようとしているだろう。実際は、ある種の人の詩祭は、永遠に幕を下ろしたことがないのだ。

23

もしかすると百年後に誰かが「いいね！」を押すかもしれないよ、焦ることはない。

鯨向海年譜

一九七六年
台湾・桃園市に生まれる。

一九九〇年 **14歳**
重慶中学青年文学賞新詩賞を受賞。

一九九三年 **17歳**
建国中学紅楼文学賞新詩賞を受賞。

一九九六年 **20歳**
長庚大学医学部に学び、インターネット（BBS）で詩作の発表を始める。

一九九七年 **21歳**
詩作が新聞や雑誌に掲載されるようになる。

一九九九年 **23歳**
台北市バス及びMRT詩文の一等賞を受賞。

二〇〇〇年 **24歳**
初めて年度詩選に入選する。

二〇〇一年 **25歳**
全国大専学生文学賞の散文賞を受賞。優秀青年詩人賞を受賞。教育部文芸創作賞新詩賞を受賞。個人新聞台「鯨向海を盗め！」（偷鯨向海的賊）を開設。

二〇〇二年 **26歳**
PC home Online 明日報ネット文学賞一等賞を受賞。全国学生文学賞新詩部門一等賞を受賞。第一詩集『指名手配犯』（通緝犯）を木馬文化出版より刊行。

二〇〇三年 **27歳**
医学部を卒業し、兵役に就く。詩作が『中華現代文学大系（二）詩巻』（九歌出版）に入選する。

二〇〇四年 **28歳**
国軍文芸金像賞詩賞を受賞。個人ブログ「鯨向海を盗め！」を開設。

文芸誌「幼獅文芸」にコラム「医少年」を執筆。

二〇〇五年　29歳
勤務医生活を開始する。
散文集『海岸線沿いに友を募る』（沿海岸線徵友）（木馬文化出版）刊行。

二〇〇六年　30歳
第二詩集『精神病院』（大塊文化出版）刊行。
文芸誌『印刻文学生活誌』にコラム「幻覚の行列」（幻覚的行列）を執筆。

二〇〇八年　32歳
詩作が『台湾文学30年菁英選1：新詩30家』（九歌出版）に入選する。

二〇〇九年　33歳
精神科専門医師免許を取得。
第三詩集『大雄』（麦田出版）刊行。

二〇一〇年　34歳
北部の私立療養院で精神科主治医師として勤務を始める。

二〇一一年　35歳
散文集『銀河系溶接工』（銀河系焊接工人）（聯経出版）刊行。

二〇一二年　36歳
楊佳嫻との共同編集によるアンソロジー『青春無敵早点詩：中学生新詩選』（親子天下出版）刊行。
第四詩集『角』（犄角）（大塊文化出版）刊行。

二〇一三年　37歳
二〇一二年台湾年度詩人賞を受賞。

二〇一四年　38歳
『中国新詩百年大典』（長江文芸出版）に入選する。
第五十五回中国文芸奨章を新詩部門で受賞。

二〇一五年　39歳
第五詩集『A夢』（逗点文創結社）を刊行。

二〇一六年　40歳
第四十七回呉濁流文学賞新詩正賞を受賞。

二〇一七年　41歳
『新詩三百首百年新編（1917-2017）』（九歌出版）入選。

二〇一八年　42歳
第六詩集『毎日膨張している』（毎天都在膨張）（大塊文化出版）刊行。

訳者後記

及川 茜

Aな夢は汚されやすいものだ、
われわれはみなその純潔を防衛するため努力せねばならない。
——鯨向海『Aな夢』裏表紙より

I

鯨向海はおそらく創作のごく初期からインターネットを主な作品発表の場とした最初の世代の詩人に数えられる。自筆の年譜によれば創作の起点はごく早く、中学時代にはすでに詩作を始めていたというが、直接ウェブ上に詩や詩論を書きはじめたのは大学在学中の一九九六年頃からであった。発表の場はBBS、ブログ、SNSと年代を逐って変遷し、同時に新聞や雑誌といった紙媒体にも広がるが、インターネットから人気を得た初期の詩人であり、後続の世代に与えた影響も大きい。彼の詩では同音異義語を用いたかけことばが多用され、意表を突く比喩によって巧みにひとつの詩句の中に複数の意味を織り込んでみせるのが常である。これは日本語のインターネット世界に飛び交う言語もそうであるように、誤変換から生まれたネットスラングや、検索避けのためにあえて使用される同音異義語など、ネットを介して共有されるコミュニティー内の言語の特徴に刺激されて生まれた特性でもあるだろう。

ウェブ上に流れてゆく彼の詩は多数の読者を獲得したが、同時に専門家からも高く評価された。二〇〇三年には、一九八九年から二〇〇五年を範囲として台湾の代表的詩人一〇一名の作品を収めた『中華現代文学大系（二）』の詩巻に選録され、これによって評価が確立されたといえるだろう。生年順の配列で、七〇年代生まれの詩人は鯨向海を含めて八人が入集している。鯨向海の作品はいずれも『指名手配犯』より四篇、二〇〇〇年から二〇〇一年の作品が選録されている。ちなみにそのほかの詩人の世代別の内訳は、二〇年代までの生まれが十三人、三〇年代が十六人、四〇年代が十五人、五〇年代が二十八人、六〇年代が二十一人である。

本書は鯨向海の第五詩集『Aな夢』の全訳である。

原題は『A夢』だが、これは「Aな夢」すなわち「アダルトな夢」であると同時に、『ドラえもん』の音訳『哆啦A夢』を想起させる。鯨向海の詩の世界ではごく初期から、やがて失われるべき青春の時間と、時間の流れの外に逃れ出た幽霊や狐の精などこの世ならぬ者どもが繰り返しうたわれる。すでに失われた『ドラえもん』の楽園は、淡い哀愁とともに、夢の世界からその名残りが言葉と化して滲み出てくる。

しかし幼年時代の夢は二度と戻らぬまま、下着に遺された染みだけがそれを証しているのかもしれない。反復される「夢の遺物」こと夢中の遺精のイメージでは、聖性を備えた夢の獣である一角獣の角が男性器と重ねられ、抒情と精液が噴水のように激しく溢れ出す。男性の身体はある種のナルシシズムを伴いつつ、洗練された詩語の連なりによって描かれている。

こうした男性の身体を捉えた詩篇が目につくが、中国語でいう「陽剛」、すなわちマスキュリンであり時によってはマッチョにも傾くイメージとは一線を画するように思われる。むしろ「陽剛」を念頭に置きつつもそこから剥落してゆく「陰柔」、湿り気を帯びたひそやかな、ほの暗い夢の世界が、そこはかとないユーモアをもって描き出されているだろう。

台湾の作家であり文学研究者である紀大偉は、「同志文学」（後述）を論じた著書で、二十一世紀初頭の作品・作家群をリキッド・モダニティの観点から分析し、鯨向海について「軟らかなもの（液体のような）を好み、つつましさと曖昧を喜ぶ」とし、陳克華ら先行世代の詩人との対比を見出している[1]。

とはいうものの、ダイヤモンドのような角（「一角獣」）、たくましい松の木（「もし夢を見つづけさせてくれるなら」）といった陽剛たるモチーフも魅惑的に描かれており、それを所有し同一化したいという憧れを前提としながら、誘われつつもそこに固着できず滑り落ちてしまう流動体の悲哀が潜んでいるように思われる。

鯨向海は一つの語に複数の意味を含ませることを好むが、この詩集の各章のタイトルにも同音異義語を多用することで同様の趣向が凝らされている。

「B哀」はAIならぬBI、さらに「B」は「悲」であり、楽園を逐われたのちの成長の悲哀としても読めるだろう。

「C遊」の「C」に「嬉」の字を当てれば「嬉遊」（遊び楽しむ、交際する）ということになるが、ほかにも様々な字を当てることが可能だ。「不C」すなわち「Cしない」「Cでない」君というのは、「思」わないないし「吸」わない君、あるいは「CC = sissy」（男性のしぐさや話し方が女性的であること）でない君ということになるだろう。なお、『大雄』所収の「とてもCでしかも礼儀知らず」（很C而且沒禮貌）には「いわゆる夢と恋愛詩とごめんねは／すべて壊れ物／多くの人が加害者に造形され／もっと多くの人が被害者に造形される／／ただ急に感じた／もうこれ以上／壊れ物扱いされちゃだめだ」との句が見える。

顔文字が大胆に用いられる「:D」だが、鯨向海の詩においては、こうした顔文字に代表されるネットスラングや、様々な俗語の使用が避けられることはない。これらの意表を突く比喩によって巧みに複数の意味を織り込んでみせるのが常である。

2

一冊の詩集をそのまま翻訳紹介するのは、この台湾現代詩人シリーズでは焦桐『完全強壮レシピ』（池上貞子訳、二〇〇七年）に次ぐ二度目の試みになるだろう。そのほかのシリーズ各巻においては能う限り詩人の創作を網羅的に紹介するという観点から、自選作を中心に各時期の創作が収録されてきた。今回は出版助成の条件から日本版オリジナルの編集が不可能であったため、申請時点での最新詩集を選んで訳すことになった。その結果、詩人の達成を示す詩集を完訳の形で日本の読者に届けられるということになるが、ここで創作の道程における位置づけをたどっておきたい。

①詩集『指名手配犯』（原題『通緝犯』、二〇〇二年、木馬文化出版）

一九九七年から二〇〇一年までの詩作六十三篇が年を逐って収録される。執筆の日付と発表媒体の一覧が巻末に付されるが、いずれもウェブ上に発表したものであると注記される。BBS（電子掲示板）から最初のブログ（個人新聞台）「鯨向海を盗め！」（偷鯨向海的賊）に移行する時期に相当する。

この時期の作品では一九九九年の「友を募る」（徵友）一篇がよく引かれるが、のちの作品に繰り返されるイメージがすでにここに凝縮されているといえるだろう。

友を募る

ぼくは二十四歳。
楊喚の詩のなかの白い子馬の年に近づくが
曠野のような順風の時間をもったことがない
陽の光のような筆跡ももたず、湿って黴菌が多い
修正が必要な血液型
暦の上の未開封の星座に属し
信仰はないが、瞳は有神（いきいき）している
鏡のなかには最も切り立った胸板が、示している
無数の重点の夢を
鬚の毛は長すぎ西北雨（にわかあめ）の台北の街に
乱れた輪郭は渡り鳥を失った黄昏に
神託に満ちて水流、および
スケートリンクの雪祭にあこがれる
かつて一篇の詩のなかに性別を失くし
初めての口づけは方位のない星に捧げた
満で二歳、数えで百二十歳
さびしい年輪がめぐり続ける
何年もの間、訪ねる星を誤っていたんだ
いまこの海岸線沿いに友を募る
きみは切っ先を閃かせやってこい
ぼくはこの身を賭してゆく(2)

②散文集『海岸線沿いに友を募る』（原題『沿海岸線徵友』、二〇〇五年、木馬文化出版）

書名は詩「友を募る」から取られている。あとがきで鯨向海は「書くことは海岸線沿いに友を募ることで（略）、他人の開かれた瞬間と友情を結び、自分の永遠の推測と友情を結ぶことだ」と記している。

「ぼくと同じくJanSportを背負ったやつ」、「詩の党員衆を聚めて事を構えし極秘記録」、「白衣。誓いの言葉。誰の道」、「きみとぼくの愛情は家の成功のために失敗した」の四部構成で四十編のエッセイが収録される。病院での各科の実習や医学部卒業後に兵役に就き軍医を勤めた際の体験、さらに勤務医としての経験に基づいた作品が収められる。「阿凱の原形」（阿凱的原形）は唐捐の編になる軍隊経験をテーマにしたアンソロジー『臺灣軍旅文選』（二〇〇六年、二魚文化）にも採られているが、軍中で奇行を繰り返し上官にも匙を投げられた兵士が、母に連れられて道士に「収驚」の儀式をしてもらったところ、すっかり元に戻ったという騒動を綴った一編で、読後名状し難い感覚をもたらす。精神科医という職業柄というより、精神科医の道を選択するという詩人の資質をよく伝える散文集であろう。

③詩集『精神病院』（二〇〇六年、大塊文化出版）

七十五篇を収める。各作品の執筆年や初出は示されないが、未発表の詩や『指名手配犯』以前の旧作も収録されるほか、既発表作品にも大幅に手を入れたものがあるとのことだ。書名については「詩の狂気に対する許容は、精神病院にも等しい」と序に述べられる。

④詩集『大雄』（二〇〇九年、麦田出版）

六十六篇を収める。執筆年や初出に関する記載はない。表紙には曼荼羅を思わせる同心円状に赤と青のアルファベットが散らばっており、よく見ると「NOBITA」と読めるようになっている。台湾ではのび太は「大雄」と訳されるが、「のび太ははるかな美しい楽園の霊魂で、多くの人は彼と何度かフラッシュを焚き、詩意を得る。しかし残念なことにのび太くんやしずかちゃんたちはみな年をとり、楽園を逐われてしまう。ネットオークションをする者もいれば、自撮りにいそしむ者もいる。幻覚の隊列を離れたのび太は、彼のA夢を失くしてしまうが、B夢はどうだろう(3)」とあるのが参考になるだろう。

また、弱虫で頼りないのび太の性格とは異なり、「大雄」の名には力強く男性的なイメージがある。詩の中にもこうした臆病さと雄々しさという相反する二つのイメージが読み取れる。表題作では加えて寺院の大雄宝殿の意象も重ねられ、奥深くに安置された仏像の前に人々が額づくさまと、ズボンを下ろした「きみ」の前に「ぼく」が跪く姿が重ねられることによって締めくくられる。こうしてある語彙に隠される複数のイメージを呼び起こすことによって、鴻鴻の指摘するように詩の中で聖と性は結びつけられ、聖なるものは俗化され、俗なるものは聖化されることになる(4)。

大雄

きみがなぜいなきゃならないのかと気がかりだ
もしドラえもんがもういないのなら
春、多啦A夢（ドラえもん）はきわめてうろんになる
きみはぼくのために残り、花を生むのか
ぼくたちは先々月、
前世で、夢みたまなざしを探している
今日はどうかなと交換しながら。きみの鳥（あれ）はど
うだ
きみの筋肉はどうだ。
バーと月はそういうもの
うろんな人物も永遠にそういうもの
鋸のように、ひとつの歯が過ぎればまた次の歯
あれら多孔質の、ただ愛だけがない
ネット、しばしとどまり、ごうごうと、きみは
　ぼくを盗撮し
見下ろす（ぼくはそのBな夢なのか）。きみは
　うながす
こういう瞬間に、星が落ちてきて、耳たぶに直
　撃する
暗澹たる光のない時代をふちどり
弱肉強食の街頭に、阿弥陀仏はもういない

こんなに息絶えんばかり懸命に通りすがり、めぐり逢い、肩を並べて果てない人波に抗いぼくに開釋(かいしゃく)し、またぼくのために頓悟する、それはなぜか
きみのズボンはくりかえし落ち、終わらせるあらゆる気を緩めればただちに消え失せる夢の世界を――
ああ、ぼくの宝殿よ。(5)

⑤散文集『銀河系の溶接工』(原題『銀河系焊接工人』、二〇一一年、聯経出版)
書名は『大雄』所収の詩「再構成」(重組)の後半部「(いまこのときの身分を隠蔽するにはよその星の生物の慰めが必要だ)/悲しすぎる恒星は胸の前に溶け、隕石はポケットに墜落する//ぼくはこのテーマの修復を試みる/銀河系の溶接工のように」から採られている。

「幻覚の行列」「温泉の中に消えた腹筋」「当直室」「革命前夜のバイクと哀愁」の四部構成で四十六編のエッセイが収録される。序文によると執筆年代はおおむね『海岸線沿いに友を募る』の後だというが、『海岸線沿いに友を募る』がすでに絶版であること、うち数編を再録したことが記される。詩人はその再録作品の題を明示していないが、「あのときの蛋餅(ダンビン)」(當時的蛋餅)、「まもなく訪れる真夏」(即將要來的盛夏)、「AVを交換する」(交換A片)の三編である。

⑥詩集『角』(原題『犄角』、二〇一二年、大塊文化出版)
『指名手配犯』収録の詩を三十五篇と新しい詩を五十篇、計八十五篇を収める。

新作と旧作は特に示されることなく、配列もばらばらだが、七部構成のうち「こぬか雨が吸い殻のように絶えず舞い落ち続ける年若さへ」、「秋の雲の変化は狐の精の尾のごとし」、「ある種の鳥は意志から飛び出したのだ」のすべてと、「きみの愛に対して超然と独立していられるか?」の大部分が再録である。旧作は再録に際し基本的に書き替えはなされていないが、「ぼくの一票が光と影の隙間に投じられる」(我的一票投入光影之隙)のみは、大幅に詩行が削られ凝縮されている。その

ほか、後述するように人称代名詞の表記を改めた詩が見られる。

なお、扉に記された詩句が「一角獣」の最終連となり、本書『Aな夢』に収められている。

⑦詩集『Aな夢』（原題『A夢』、二〇一五年、逗点文創結社）

⑧詩集『毎日膨張している』（原題『毎天都在膨張』、二〇一八年、大塊文化出版）

本書刊行時点での最新詩集である。八十四篇が収められる。

膨張のイメージは、早くは「指名手配犯」（通緝犯）の「青春は一枚の春のバスタオルが落ちたあと／シュウシュウと膨張しはじめる」(6)に見ることができるが、『Aな夢』所収の「果物」の最終句にも「ぼくは夢の中の果樹園で純真に膨張をつづける」とあるように、やはり反復されているものである。

邦訳は「幸福よりさらに頑強な」（比幸福更頑強）、「トレーニングジムで」（在健身房）、「断頭詩」（断頭詩）、「昔日の理想」（舊日理想）の四篇がいずれも佐藤普美子訳により「現代詩手帖」二〇一一年三月号の特集「越境するアジア――東アジアの詩は、いま」に紹介されている。また、同誌所収の楊佳嫻による論考「麒麟の出現――新十年の台湾現代詩」では陳育虹、零雨、孫維民、鴻鴻と並び鯨向海の詩が論じられている。付言すれば楊佳嫻自身もその作品が早くから鯨向海と並んで台湾現代詩のアンソロジーに多く収録されており、七〇年代生まれを代表する詩人である。

3

本詩集の翻訳に際し、説明を加える必要があると思われるのが人称代名詞の処理である。

鯨向海は二〇〇六年に「彼は壮麗な姿形を備えるだろう――同志詩試論」と題した論考で、「同志詩」を「同性愛」を題材にした詩だと定義した上で、さらにそうした「「同性愛の表れ」は必ずしも意識的になされるものではなく、往々にして何心なく軍中の男性の情誼や青春期の女性の親友どうしの交流を描く中に現れるもので、真に同志を主体とした「同志のエクリチュール」は、「先入観にとらわれた」読者には察知できない可能性が高く、さらに「異性愛に仮託された」同志エクリチュールはいうまでもなく、より証明のすべがなく、弁別が困難である」としている[7]。その上で、「典故風」「情色／政治風」「時尚風」「自恋風」「泛／無性別風」の五つのスタイルを取りあげ、それぞれについて複数の例を引きながら、読者に同志詩の沃野に広く目を向けさせることを試みている。

人称について特に注目されるのは、「泛／無性別風」と名づけられたスタイルを持つ詩を論じた部分である。そこでは、どの詩が同志詩かではなく、どの詩が異性愛詩にとどまらず同志詩の可能性を内包しているかが重点とみなされる。したがって、このタイプの同志詩を構成する要件は、詩歌にみられるイメージが異性愛に限定されずいかなる愛の状況をも指しうることで、結果的に同志詩でもありうるということになる。鯨向海は性別によって人称が規定されることにより、恋愛詩の可能性が狭められることを次のように述べている。

わたしたちは古代中国には「她」という文字がなく、「他」のみによって両性を指していたことを知っている。しかし、おおかた劉半農が「彼女を忘れるすべを教えてください」（教我如何不想她）の詩で「她」を発明してからというもの、あらゆる詩人は、特に近代の同志意識の高まりのあとでは書くときに「他」を避けるのみならず、「她」によって意図を表明せねばならなくなった。もともとの「他」「你」の包容性から、「她」「妳」の交渉の余地無い性別の明示への転換によって、恋愛詩の力は大幅に削がれてしまった[8]。

現代中国語では三人称の「彼」と「彼女」は tā で同音だが、表記の上ではそれぞれ「他」と「她」で書き分けられる。さらに台湾においては二人称も同音の nǐ をそれぞれ「你」（男性）と「妳」（女性）で区別して表記する習慣がある。しかし鯨向海は詩であれ散文であれこうした区別を設けず、性別を問わず三人称は「他」、二人称は「你」を用いている。

もっとも、創作の初期からそれが徹底されていたわけではない。一九九七年に発表された「そんな女の子だよ」（什麼様的女孩）は、二〇〇二年に第一詩集『指名手配犯』に収録されたバージョンではまだ「她」が用いられているが、二〇一二年の第四詩集『角』への再録に際してはすべて「他」に修正されている。二〇〇五年の散文集『海岸線沿いに友を募る』においてはすでに「她」の用例が見られないため、おそらく二〇〇二年から二〇〇五年にかけて「泛／無性別風」の表現の試みが深められたものと思われる。本書の収録作品では「母に」においても「他」が用いられている。

ただし、翻訳の過程で浮かびあがった日本語特有の問題はむしろ一人称代名詞であった。中国語においては一人称単数を示す代名詞は性別を問わず多く「我」によってカバーされ、鯨向海の詩においても例外ではない。翻訳でも性別の限定を避けるべきではあるが、一人称を完全に用いずに訳すことも困難であり、特に読者に語りかけるような平明な調子の詩が多いため、基本的には女性・中性的な「わたし」ではなく、「ぼく」ないし「おれ」を採用している。二人称の「きみ」は男女いずれを当てはめることにも開かれているだろう。

三人称の「他」は性別を排して読解可能な詩では「あの人」としたが、「なさけない」「どさくさまぎれの告白」などはいずれも男性ジェンダーと解し「彼」とした。

4

先述の通り、鯨向海の詩は同音異義語の多用が見られ、往々にして音声と文字が二重の意味を有している。本来は訳詩の中で処理すべきであろうが、すべてを訳出するには力が及ばなかった。翻訳からこぼれた部分を以下に解説する。

「蜂群崩壊症候群」に登場する「熊」は、いわゆる「熊系」の男性を重ねて読むことにも開かれているだろう。

「疑いの雲」に見られる「銃弾ブリーフ」（子彈

内褲）とは台湾の下着ブランド豪門（PROMAN）が八〇年代に売り出したビキニブリーフの商品名だが、最新詩集『毎日膨張している』の序「ある種の普通の人」には「長いこと厭世的な気分の物書きは、大部分の時間はただの普通の人だ（銃弾もブリーフもぼろぼろで見るに堪えない）」とあり、（　）内の文言は詩集の章題にも用いられている。こうした男性的な語句は詩中に多用されるものの、すぐさま打ち消され、マッチョなイメージは浮上するやただちに覆される。

「いくらかは誰かにもう聞かれただろうけど」では、第一連の「斬られた腕」、「魂が抜けたように」（黯然銷魂）が金庸の武侠小説『神鵰剣俠』の登場人物、楊過の逸話を下敷きにしている。武術の修練に励みつつ十六年間妻との再会を待ちつづけた楊過に「きみ」が重ねられていることは贅言を要すまい。

金庸への目配せはあとがき「A DREAM あとがきにかえて」の15についても同様。『笑傲江湖』に現れる奥義書「葵花宝典」は、去勢しない限りその技を修得することは不可能である。右腕を斬られたのちに隻腕で黯然銷魂拳を修得した楊過に倣うか、自らの詩を宮して東方不敗を目指すか？　ちなみに東方不敗は映像化に際しては林青霞（ブリジット・リン）に代表される秀麗な女優が男装で演じるのが常で、極めて強烈な魅力を放つキャラクターである。

「あの」一篇は例外的に若い女性の語りと理解して訳した。明清白話小説に見られる語彙がちりばめられている。こうしたスタイルは、最新詩集『毎日膨張している』に収められる十一篇の少女を題した連作に発展している。その序には「身を挺して態度を表明せねばならない膨張のとき、全宇宙の邪悪を無視する少女の心ときたら（なのにこの女たちはいつも男たちの世界に偽装している）」とある。第一篇「少女時代」の最終連「万一うっかりキーを押してしまったら／すべてがまた初めから／万一少女の心を持っているのが／みな少女でなかったら」からも読み取れるように、特に詩の場合は作者の性別が読解に強く結びつけられがちであるが、それを外した試みであるといえるだろう。特にどこか甘えたような少女の口ぶりを模した「ものうい少女」（倦懶少女）はこの延長線上に読み取ることができる。

「日常の幻術：精神病患者がぼくに語ったこと」の四篇目に見える「王子麵」は乾麵の商品名である。

八篇目は極めて技巧的な詩で、各行の最後の文字と次の行の最初の字をつなげて一つの語として読むか、切って読むかで異なる意味になる。切り離して訳出したが、つなげて読むと次のようになる。

ナイチンゲールは歌頌する
もの寂しい影像を
菩提樹の幹は
身体を鍛える必要はない
金色の
菜の花の世を隔てるようなかそけさ
かすかな記憶のなかの馬眼（尿道口）は
あまりに遥かに広がりいつも
紫丁香（ライラック）色に露出されるのはいつも
異教徒からうっかり取り落とされた
桑の実あの風の涼しさにはとても
情感がこもり草むらがかがやく胸元を覆うよう
ようやく気づく愛には性別がないことに

いずれにせよ歌われているのはオーラルセックスの情景だろうが、それを包む詩句は雅俗いずれも各人の好みに応じて解釈されたい。なお、「菜花（カリフラワー）」はその形状から尖圭コンジローマの俗称でもある。

「虎父」は「虎父に犬子無し」、すなわち親が立派であれば子もひとかどの人物に決まっているという成語を下敷きにする。ただし、「虎父」とは異なる価値基準で生きる「犬子」の立場から仰ぎ見るとき、あるいは台湾の歴史の中に厳父の存在を見るとき、虎の肉体からはすでに猛々しさが失われたものの、その力はなおも失われていない。

鯨向海の詩で直接父をうたった作品は多くないが、二〇〇一年の「致你們的父親」は参照に値しよう。冒頭の四行「父さん、はっきり言っていい？――／ぼくはGだ。／ぼくはいくらか父さんに似てる?・——/父さんもGなの?・」は、『大雄』の「未確認宇宙線」の章扉に台詞として自己引用されている[9]。なお、この詩は『指名手配犯』収録時には「父の日に、すべての父と不和の、あるいは自身も父であるゲイ男性に捧げる[10]」との後記が付されるが、『角』への再録時には削除されている[11]。

本訳書が形になるまでには、企画から詩人との連絡をはじめ、すべての段階にわたって広島大学名誉教授の三木直大先生が労を執られた。翻訳に際しては台湾師範大学台湾語文学系の陳允元先生に訳稿に目を通して頂き、詩句の解釈や背景について細かなご教示を得た。編集を担当してくださった思潮社の遠藤みどりさんには、台湾での在外研究中の訳者に資料提供のご協力も頂いた。なお、本詩集の出版にあたっては、中華民国文化部翻訳出版補助を受けている。また原著の全訳出版に際し、鯨向海氏を通して出版社の逗點文創結社より了承を得ている。原書は横組みであるが、日本語版は鯨向海氏との相談のもとにレイアウトの変更を行った。

この詩集が読まれるべき読者の手にわたることを喜びつつ、関連諸氏に深く感謝を申し上げる。

訳注

(1) 紀大偉、『同志文學史:台灣的發明』、台北:聯経、二〇一七年、四二四頁。
(2) 鯨向海「徵友」、『通緝犯』、台北:木馬文化、二〇〇二年、五五—五六頁。
(3) 鯨向海「重組樂園」、『大雄』台北:麦田出版、二〇〇九年、一八六頁。
(4) 鴻鴻「醫病同源:聖俗一體 讀鯨向海及其《A夢》」『文訊』三五八期、二〇一五年八月、一二四—一二五頁。
(5) 鯨向海「大雄」、『大雄』台北:麦田出版、二〇〇九年、六四—六五頁。
(6) 鯨向海「通緝犯」、『通緝犯』、台北:木馬文化、二〇〇二年、一八六—一八七頁。
(7) 鯨向海「他將有壯美的形貌——同志詩初探」、『臺灣詩學・吹鼓吹詩論壇』二号、二〇〇六年三月、十一頁。
(8) 同前、十八頁。
(9) 鯨向海「不明宇宙射線」、『大雄』台北:麦田出版、二〇〇九年、十一頁。
（10）鯨向海「致你們的父親」、『通緝犯』、台北：木馬文化、二〇〇二年、一六九頁。
（11）鯨向海「致你們的父親」、『犄角』、台北：大塊文化、二〇一二年、一五七頁。

訳者略歴

及川 茜（おいかわ あかね）

一九八一年千葉県生まれ。東京外国語大学大学院博士後期課程単位取得退学。現在、神田外語大学アジア言語学科講師。訳書に唐捐『誰かが家から吐きすてられた』（思潮社）などがある。

台湾現代詩人シリーズ⑯（第Ⅲ期第3巻）

Aな夢（エーなゆめ）

著者
鯨向海（ジンシャンハイ）

訳者
及川茜（おいかわ あかね）

発行者
小田久郎

発行所
株式会社思潮社
〒一六二―〇八四二　東京都新宿区市谷砂土原町三―十五
電話〇三（三二六七）八一五三（営業）・八一四一（編集）
FAX〇三（三二六七）八一四二

印刷・製本
三報社印刷株式会社

発行日
二〇一八年十月三十一日